Trouville Palace

Malika Ferdjoukh

Trouville Palace

l'école des loisirs
11, rue de Sèvres, Paris 6ᵉ

ISBN 978-2-211-20688-4

Merci à Carole, Laurence,
Marlène et Muriel,
bibliothécaires à Trouville-sur-Mer
et dépanneuses d'écrivain
en mal de modernité.

M. F.

1

C'est aux alentours de 17 heures, devant les vien-noiseries de Mme Bezzerides, que je me suis rendu compte que je devenais champignon. Pas grand-chose. Un léger halo rose sur mon reflet, entre deux files de brioches, dans la vitrine en Securit.

À la maison, ma mère m'accueillit, un crayon à mine 4B derrière l'oreille, les yeux fixés sur son écran d'ordi où elle cliquait comme une malade sur des plans dessinés par elle. Maman est architecte.

— Il a l'air drôlement important, ce boulot, dis-je.

— Très. J'ai droit à une place de parking. Mais,

s'il te plaît, ne me dis pas, toi aussi, que ma médiathèque manque de baies vitrées !

Elle cliqua sur une série de losanges sans plus
s'occuper de moi. J'allai me couper une tranche
de pain que je couvris de confiture à la mangue
et me servis un grand jus de raisin.

– Dis donc, reprit ma mère, tu sais, le micro-
ondes qu'on a commandé il y a deux mois sur
catalogue ? Ils l'ont livré ce matin. Le paquet est
dans la cuisine. Pas eu le temps de le déballer, je
n'ai pas arrêté de travailler. Tu t'en occupes ?

Je mordis ma tartine et dis :

– J'ai noirci une copie double sur la débâcle
de Waterloo, déchiffré dix pages de solfège, résolu
dix-sept équations à mille inconnues, nagé neuf
longueurs de piscine, appris cinq strophes d'un
poème parnassien, acheté du pain pour ce soir,
des kiwis pour demain, mais tu as raison, on doit
pouvoir ranger tout ça au rayon des aventures
palpitantes.

Ma mère répondit d'un claquement de langue
agacé.

– OK, dis-je. Je le déballe.

Ce que je fis en huit minutes. Le four n'était pas très lourd, je le soulevai et le posai à la place laissée vacante par son prédécesseur.

– Je le voyais plus petit, notai-je quand je revins au salon.

– En deux mois, il a dû grandir.

Ma mère se détourna de son écran pour m'accorder enfin son attention. Ses yeux s'arrondirent.

– Hé. Qu'est-ce que tu as? On dirait un champignon. Un de ceux si jolis qu'il vaut mieux ne pas manger. Tu te sens bien?

– Pas terrible.

Elle me tâta le front, les joues, fronça les sourcils.

– Tu as de la fièvre.

– J'ai un peu chaud.

Elle se leva pour appeler le Dr Merchadier, qui avait la bonne idée d'habiter dans le bâtiment cour de notre immeuble. J'en profitai pour examiner de plus près, sur l'écran de son ordinateur, les plans qu'elle avait tracés.

– Ce projet de médiathèque est ton chef-d'œuvre, dis-je, à son retour.

– Je le pense aussi. Et pas question de baies vitrées. Quelle idée saugrenue... Le docteur arrive.

– Tu as l'air contente, notai-je soudain.

– Je suis contente.

– Pas pour une de ces raisons interdites aux moins de 12 ans ?

– Pas contente à ce point, non. Mais mon projet a franchi la barre de l'avant-dernière sélection. Je suis finaliste. Qu'est-ce que tu es en train de fabriquer ?

– Je dépiaute le carton du micro-ondes pour le mettre à la poubelle. Tu peux m'aider si tu veux.

– Avec plaisir. Dépiauter les cartons des micro-ondes a toujours été mon passe-temps favori.

– Maman, tu es vraiment *strange*.

– Et toi, mon chéri, vraiment rose. J'espère que ce n'est pas un psoriasis ou quelque chose. Bon, attends là une seconde, que je te montre...

Elle tira une enveloppe d'un tiroir, une lettre de l'enveloppe.

– La porte, dis-je.

– On sonne, dit-elle.

– J'y vais ou t'y vas?

Elle reposa la lettre en soupirant. J'allai ouvrir.

– Vertuchoux, s'exclama le docteur en me dévisageant du seuil. Sais-tu à quoi tu me fais penser?

– Euh… À un champignon, peut-être bien?

– Exact. Un de ceux qui…

– Qui vous laissent raide mort à la première bouchée?

– Plutôt de ceux qui filent une diarrhée carabinée. Ouh. Ouah! Voilà un spectaculaire exanthème. Voyons si l'énanthème est du même tonneau.

– Ce sont des noms de champignons?

– C'est grave? intervint ma mère en tapotant le crayon à son oreille.

Il me fit ouvrir la bouche, braqua une lumière dedans, examina mon torse, mes bras, mon dos (tous vermillon), posa des questions. Et:

– Scarlatine, conclut-il.

La mine 4B fit comme un déclic en chutant sur le parquet.

– C'est grave, docteur ? répéta ma mère.

– Au XXIe siècle, pas trop. Antibiotiques et repos.

– Ça s'attrape ? dis-je.

– Ça peut. Même si la contagion est assez paresseuse, et l'incubation plutôt courte.

Il rédigea très soigneusement la prescription.

– Repos, vous avez dit ? murmurai-je, sans trop y croire.

– Dix jours.

– Pas d'école ? gémit ma mère.

– Pas... d'école ? dis-je du ton le plus neutre possible.

– Pas d'école, confirma le docteur.

*
* *

Après son départ, ma mère me regarda comme une chambre en désordre, l'air de se demander par quel bout attaquer. Elle finit par sourire, même si ce ne fut qu'avec un seul côté de la bouche.

– C'est joli, «scarlatine», dis-je. Comme mot, je veux dire.

Elle fit une mimique.

– Mais ça n'arrange pas nos affaires, dit-elle.

– Tes affaires.

– Vi. Mes affaires.

– Il y a un problème?

– Oh. Rien que Marc Lévy ne puisse transformer en saga fabuleuse.

– C'était quoi, cette lettre que tu voulais me montrer?

Elle me la donna en silence. Je n'y compris goutte, sinon que ça concernait son projet de médiathèque.

– Je dois partir sur le site, expliqua-t-elle. Au moins une semaine. Ou je perds les avantages de la présélection.

Mon œil s'arrêta sur un paragraphe.

– Ouch… murmurai-je. Les avantages en question, ce sont tous ces zéros après le 5?

– Mmm.

– En quoi ma scarlatine y change quelque chose? Vas-y de toute façon.

– Laisser mon enfant seul? Malade? Rougeoyant comme un œil de hamster albinos? Pour quel genre de mère indigne me prends-tu?

– Être rougeoyant n'a jamais empêché personne de se réchauffer une pizza surgelée. Bien au contraire!

Elle secoua la tête.

– J'appelle ton père.

– Papa est en Sicile avec trente-sept élèves en stage d'archéologie. Laisse tomber. Je peux rester seul ici.

Elle me regarda.

– Le téléphone, dis-je.

– Il sonne, dit-elle, machinale.

– J'y vais ou t'y vas?

Je décrochai. C'était tante Willa, la sœur de ma grand-mère. Elle n'appelle jamais.

– Bonjour, tante Willa.

– Ta mère est là?

– Elle se bat avec un couvercle de boîte de poires au sirop. J'ai l'impression qu'elle est en train de perdre.

Je ne mentais pas. Quand elle avait à réfléchir

sur un problème épineux, maman engloutissait trois ou quatre demi-poires au sirop et la solution, immanquablement, lui arrivait, lumineuse.

— Demande-lui si elle a toujours envie de ce guéridon Art Nouille ?

— Je te la passe.

Maman s'approcha pour me retirer le combiné des mains. Je lui fis une grimace et allai m'observer dans le miroir de la salle de bains. Beuh. J'avais une tête ignoble. Énanthème, avait dit le docteur. Moi, je voyais des plaques rouges. J'avais l'air d'avoir dormi, voyagé, nagé, fait du trampoline dans un champ d'orties. Je me contemplais, atterré.

Quand je fis volte-face, maman était appuyée à l'embrasure de la porte.

— Tante Willa s'est rappelé que j'aimais bien son guéridon 1900.

— Ça prouve qu'elle n'est pas l'horrible goule dont toute la famille a peur.

— Arrête. Tu la connais à peine. Elle va mettre en vente son appartement de Trouville. Elle commence à déblayer.

Ma mère plissa les paupières. Avala une demi-poire au sirop. Reposa l'assiette. Elle rattrapa le crayon sur le point de faire un vol plané, et tapota sa joue avec. Puis elle me sourit. Un sourire qui m'horrifia. Je levai la main.

– Ah non! N'y pense même pas! Je n'irai pas huit jours chez elle! Ni deux! Ni même une heure!

– Je sais, tante Willa et Anthony Hopkins dans *Hannibal le Cannibale* sont terriblement pareils... Mais c'est ta tante.

– Ma *grand*-tante! Ça nous éloigne un peu plus.

– Tu lui dois le respect. C'est une vieille dame.

– Une vieille fille. Elle râle tout le temps.

– Uniquement pour brûler ses toxines. Comment crois-tu qu'elle ait réussi à garder cette peau de bébé?

– La raison, c'est que tante Willa, c'est 60 % de mauvais poil, 40 % de sale caractère.

– Non, soupira ma mère. Disons simplement que le monde est un adversaire de taille.

Elle empoigna le téléphone.

– Non! hurlai-je.

– Pense à tous ces zéros après le 5 si mon projet gagne. De quoi s'offrir Rennes-Mulhouse en fraises Tagada.

– Non!

Elle se pencha doucement vers moi, me prit la main.

– Pense à tous ces loyers que l'on va enfin pouvoir payer sans souci, murmura-t-elle enfin.

Je me tus. Elle alla s'enfermer avec le téléphone dans la chambre.

– Son ordi est toujours en bas débit! argumentai-je encore, bien qu'en vain. Quand on l'allume, on a le temps de faire la vaisselle, et le tour du pâté de maisons, puis de regarder un épisode entier des *Experts* avant de pouvoir entrer dans la boîte mails! Martin est allé réparer son chauffe-eau cet hiver, il me l'a dit!

Ma mère parlait. Je n'entendais pas ce qu'elle disait. La conversation dura un bon quart d'heure. Je supposais que tante Willa défendait chèrement sa liberté. Et la mienne, par la même occasion.

Quand maman ressortit, son crayon était tout de travers sur l'oreille. Mais il tenait.

— Ça y est, souffla-t-elle. C'est bon.

— Désolé, j'aurais besoin d'une phrase plus longue.

— Tu prends le train demain à midi. Tante Willa t'attendra à la gare de Trouville-Deauville.

2

Tante Willa m'attendait sur le quai, dans un coupe-vent vert anis. Son côté droit portait un parapluie orange, un sac recyclable… et une peluche qui émettait des sons inclassables, quelque chose entre *toc toc* sur un mur creux et *cof cof* d'un scooter asthmatique. De près, je vis qu'il s'agissait d'un être vivant. Mais sans plus de précision.

— Hé, s'exclama ma tante. Tu n'es pas le centre du monde.

Elle me montra une valise à roulettes tirée par un monsieur dont je gênais le passage.

— Merci du tuyau, répondis-je. Bonjour, tante Willa.

— Hier, au téléphone, ta mère ne m'a pas

rappelé ton prénom, et je n'ai pas la moindre fichtre idée de comment on nomme les gamins ces temps-ci.

— Kevin. Aurélien. Quentin.

Elle ouvrit de grands yeux.

— Tu t'appelles tout ça ?

Tout en m'efforçant (sans succès) de déterminer le genre, l'espèce, la race de la peluche vivante agrippée à son bras plié, je répondis :

— J'essaie juste de te donner une idée de comment on nomme les gamins ces temps-ci. Théo, Enzo, Mathis, continuai-je.

Elle me paraissait moins âgée que dans mon souvenir. La dernière fois que je l'avais vue, je devais avoir 7 ou 8 ans. J'avais sûrement plus changé qu'elle. Elle secoua la tête avec impatience.

— Je ne t'ai pas demandé une liste, seulement ton prénom.

— Momo pour une moitié de la terre, lui répondis-je, Riri pour l'autre moitié. Techniquement, ça veut dire Maurice.

— Maurice ? s'étonna-t-elle. C'est encore en vogue ?

— Maman dit que c'est pour se rappeler son grand-père qu'elle aimait beaucoup.

— Papa ?

Elle haussa les sourcils. Elle avait des yeux sombres, des cheveux courts, raides, gris et blanc. Avant que j'aie pu répondre, elle avait fait demi-tour en direction du parking.

Elle ouvrit une structure cubique qui, Dieu merci, possédait quatre roues, des enjoliveurs et un volant ; je pus donc en déduire que c'était bien une voiture. Tante Willa déposa sur le siège arrière la bestiole qui alternait *toc toc* et *cof cof*.

— Le trajet sera long ? m'enquis-je, légèrement anxieux.

— Quatre minutes si je me concentre. Une bonne heure s'il y a un jeu à la radio.

Je lui jetai un coup d'œil. Son visage était de marbre.

*
* *

On mit quatre minutes. Il n'y avait pas de radio dans la structure cubique à roues. Quatre minutes, c'est-à-dire assez pour apprendre que la bestiole était un chien nommé Michel, qu'il avait 267 ans en équivalent d'années humaines, assez aussi pour entendre la tante insulter une grosse voiture dont le conducteur nous doublait en téléphonant.

— Voyez-les, avec leurs portables! grommela tante Willa. Et le droit à la fugue, hein? Tu en fais quoi, du droit à la fugue, pauvre diable!

— J'aimerais beaucoup être un pauvre diable en Volvo, tante Willa. En plus, un portable, ça s'éteint, ripostai-je.

— Tu n'en as pas, j'espère?

— Pas sur moi, dis-je prudemment.

Il était dans mon bagage, dans le coffre (je veux dire, dans l'espèce de cavité qui béait à l'arrière). Maman m'avait prévenu des phobies de tante Willa.

— C'est vrai que tu es sacrément rouge, nota-t-elle. Ce n'est pas transmissible aux chiens, j'espère.

Elle freina au pied d'une vaste chose en pierre blanche flanquée de deux tours, échouée en fond de plage comme un cachalot. Tout en

haut de la façade, une grande conque en éven-
tail clamait en lettres citron : Trouville Palace.

– Tu vis à l'hôtel ? dis-je, surpris.

– *C'était* un hôtel. Il y a très longtemps.
Maintenant, c'est devenu une résidence.

Il en restait la porte à tambour en bois, le
haut miroir doré du grand hall marbré, le tapis à
ramages rouges. Les portes avaient encore leur
numéro d'origine. Les couloirs étaient fort longs,
formaient des angles, vous donnaient l'impression d'être Pinocchio dans le ventre de la baleine.
Sous nos pas, le parquet craquait comme des
vertèbres, tressautait comme s'il avait le hoquet.

Tout au bout d'un couloir désert, tante Willa
ouvrit une porte 973 pendant que je tenais
Michel, mon sac et le parapluie orange. Elle me
fit entrer le premier.

Je fus agréablement surpris. C'était clair,
accueillant. Il y avait des plantes. Les fenêtres
donnaient sur la mer.

– Ta chambre est là. Désolée, il y a des cartons
partout, tu sais que je vends. On ne le voit pas avec
tout ce fouillis, mais le lit est facile à trouver, en

fait : c'est le truc qui te fait un croche-pied quand tu tentes d'ouvrir l'armoire.

Cette petite lueur au coin de ses paupières, l'avais-je rêvée ?

— Ma chambre. La salle de bains. Les W-C. Le salon. La cuisine. Ça va ? Ou tu as besoin que je t'indique la sortie de secours ?

Cette fois, je souris.

*
* *

Il faisait plutôt beau pour une fin octobre. Peu de monde sur la plage. Les maternelles qui venaient y jouer avec leurs institutrices me rappelèrent qu'il y avait classe dans tout le pays sauf pour moi. À l'insu de tante Willa, j'expédiai des SMS, à maman, papa, et à Antonin, Quentin, Julien, les copains :

Je vé +++. Je sui 2vant la mer

— Vous préférez Trouville ou Deauville ? fit quelqu'un à côté de moi.

Un vieux monsieur et (je supposai) sa femme étaient assis sur un banc tout proche.

– Je ne connais ni l'un ni l'autre, leur dis-je. Je viens d'arriver.

– Ah! Alors…

Mon portable vibra. Je m'éloignai.

– Tu tiens le coup? demanda ma mère.

– Elle a bien un vieil ordi bas débit. Et elle ne sait pas se servir d'un mobile. Et l'hôtel où elle habite ressemble à celui de *Shining*. J'attends le moment où les portes suinteront des litres de sang, et…

– Bon, ça va. Tu as pris tes antibiotiques?

– Oui. Tu me détestes tellement pour m'avoir envoyé ici?

– J'avoue. Je ne t'aimais pas trop pendant l'accouchement. Comment ça se passe?

– Je suis allé au Monoprix, sur la plage, à la poissonnerie, puis de nouveau à la plage et au Monoprix. Là, je retourne à la poissonnerie.

– Tu es un vrai Indiana Jones. Tu es au courant que tante Willa joue très bien au poker? Très très bien, même!

– Si elle joue sa voiture, je la laisse gagner. T'ai-je parlé de son plat favori ? Elle verse le pot de mayonnaise directement dans la boîte de légumes, ensuite elle secoue. Elle appelle ça macédoine.

– C'est vrai ?

– Non. C'est pire. Elle voulait m'emmener manger des huîtres.

– Mais c'est délicieux !

– Maman ! Les huîtres font de la varappe dans les estomacs !

– Prends des sardines. C'est plein d'iode.

Je gardai un long, long silence. Ma mère soupira.

– Je suis désolée.

– Je ne t'en veux pas. Même si j'ai déjà listé 118 manières de te décapiter.

– Garde-moi la meilleure de côté. Je t'embrasse, mon chéri. Ma médiathèque sans baies vitrées emballe tout le monde.

– Maman ?

– Oui ?

– Dans les trucs vraiment bien : les oreillers

sont écrasés comme j'aime. Et je deviens copain super pote avec Michel.

— Michel?

— Un truc avec des poils, ça semble vivant puisque ça fait *cof cof.* Bisous. Bye.

Au Trouville Palace, il régnait, c'est vrai, une atmosphère particulière. Surtout en plein automne. Je montai à pied car la cage d'escalier était quand même belle. On imaginait très bien les dames des années 1920 descendre les marches de pierre en balançant les franges de leurs robes charleston et la laisse de leurs petits chiens.

— Vous avez vu mon chien? fit une voix féminine au niveau du deuxième étage.

Je vérifiai autour de moi. Personne. Sur un pilier, deux flèches indiquaient (une vers l'ouest, l'autre vers l'est) le numéro des portes qu'on trouvait à l'étage. Autre vestige de l'ancien palace.

— Je cherche mon petit chien, répéta la voix, qui provenait du fond du couloir.

Je marchai jusqu'au tournant. Là, il y avait une jeune fille. D'environ 18 ans. Ses yeux noirs et sa longue chevelure sombre lui donnaient une allure un peu démodée. Elle portait un pantalon de marin et un chandail à rayures. Elle tenait un chapeau à la main. Un chapeau de paille piqué d'un grand coquelicot en soie.

– Il est comment ? demandai-je.

– Mignon. Très joyeux. Il ressemble à Youpi dans *Caroline*. Vous voyez ?

– Pas du tout.

– Vous êtes le fils du gardien ?

– Non plus.

– Si vous trouvez un petit chien comme Youpi, prévenez-moi, vous voulez bien ? Je suis au n° 2099.

Elle disparut dans le second tournant. Je n'entendis pas ses semelles sur le tapis rouge. Après un instant d'hésitation, je m'avançai lentement. Après l'angle, la dernière partie du couloir était encore très longue. Mais la jeune fille ne s'y trouvait plus. Elle était rentrée chez elle.

– Eh bien, fit tante Willa quand je la rejoignis quelques paliers au-dessus, tu bois quelque chose ?

– Merci, non.

– J'essaie juste de t'hydrater car on part au marché.

– J'ai déjà beaucoup marché.

Elle me jeta un regard oblique.

– Au marché de Deauville. Un des pêcheurs y vend une très bonne soupe de poissons. Michel l'aime beaucoup. Je parle du pêcheur.

Décidément, il était beaucoup question de chien, dans ce bâtiment. Tante Willa emprunta l'ascenseur, je descendis à pied. À chaque palier, je vérifiai autour de moi, mais il n'y avait nulle trace de petit chien perdu, et je ne revis pas la jeune fille.

La marée était haute, on prit donc le bac pour traverser la Touques, le petit bras de mer qui sépare Trouville et Deauville. Il faisait frais mais toujours beau. Les mouettes jacassaient comme des pies.

– Bonjour, madame ! salua le pilote du bac en aidant ma tante à enjamber la coupée.

– Ah non, pas «madame» ! Ça me donne l'impression d'avoir plus de 28 ans ! Et vous ne pourriez pas clouer le bec à ces satanées mouettes ?

Il s'esclaffa et prit sa monnaie.

— C'est pas des mouettes, ce sont des hirondelles de mer.

— Tu es déjà venu ici ? À Deauville ? s'enquit ma tante lorsque nous accostâmes sur l'autre rive au bout d'une minute de traversée. Non ? Surtout ne t'étonne pas. Il arrive qu'on rencontre des créatures qui se sont fait refaire tout l'avant du corps et que ça ne corresponde plus à l'arrière.

Je compris vite ce qu'elle voulait dire. Les créatures en question venaient de Paris et arboraient des sacs de luxe, des montres en diamants, des ongles crochus laqués.

Deux d'entre elles croisèrent une troisième, et elles entamèrent illico une bavette.

Tout cela le plus heureusement du monde, au milieu des pommes et des pommes de terre en tas, des seaux de crème fraîche, des jambons suspendus, des camemberts alignés. Car on était tout de même dans un marché. Sous une halle à colombages classée au Patrimoine, OK, mais où l'on vendait aussi du miel, des miches, des vieux bouquins, des blouses de travail, des tabliers de ferme…

— ... et dites, à propos, vous préférez Deauville ou Trouville ? entendait-on chuchoter.

— On va s'asseoir un peu ? suggéra ma tante
après plus d'une heure de déambulation. J'ai les
orteils en compote. Tiens, regarde. J'ai acheté des
bulots à ta seule intention.

Je réprimai une grimace.

— J'aime pas tellement ça.

— Tu n'aimes pas les bulots ? répéta-t-elle
comme si j'avais proféré un gros mot. Depuis
quand ?

— Depuis le jour où, à 5 ans, ma mère m'a fait
manger un machin gluant, vert et gras, que j'ai
fait : « Beurk ! c'est quoi, ce truc ? » et qu'elle m'a
répondu : « C'est un bulot. » Voilà. Ça s'est passé
comme ça.

— Tant pis. Michel les mangera. Faut juste
qu'il apprenne à se servir d'une pique à escargots.
Viens, on va s'asseoir dans un café de la place
Morny. Je sais, ça fait celle qui n'a aucune ima-
gination, mais j'ai vraiment mal aux pieds.

Mauvaise pioche, les bulots. Mais ça partait
d'une bonne intention.

— Merci, dis-je. Pour les bulots. Tu es gentille.

Elle me lança un bref regard par en dessous.

— Gentille? Moi? Tu ne dirais pas ça si tu savais ce que j'ai fait à Émile.

— Qui est-ce?

— C'était mon bobtail Half-Warroth.

— À tes souhaits. Qu'est-ce que tu lui as fait?

— Je lui mettais un collier rose, un manteau orange et je l'obligeais à m'apporter ma robe de chambre en chantant.

— Un chien ne chante pas.

— Celui-là, si. Baryton. En plus, il grognait après toute personne qui mesurait plus d'un mètre cinquante. Il mordait les garçons à cheveux châtains et les filles qui portaient des barrettes. Il attaquait ceux ou celles qui avaient un hamburger à la main ou des baskets aux pieds.

— Ton équivalent en chien, quoi.

Et je lui offris mon plus beau sourire.

3

– Hep! chuchota la voix.

Je revenais d'aller chercher le pain ce soir-là et je remontais seul jusqu'à l'appartement de tante Willa.

– Hep! refit la voix.

C'était la jeune fille. Toute seule dans le couloir désert.

– Oh. Bonjour. Vous avez retrouvé votre petit chien?

Elle fit oui de la tête. Elle portait une jupe en vichy serrée en corolle par une large ceinture en tissu. Malgré le temps frais, la jeune fille était pieds nus dans ses ballerines.

– Vous voulez le voir?

Chez elle, c'était plus grand que chez tante Willa. Le plafond était plus haut, c'était plus luxueux. En même temps, c'était plus triste, plus vieillot. Le chien était là, en effet, un petit cocker aux yeux tendres et rieurs, qui se mit à japper, à sauter autour de moi.

— Il était où, finalement?

— Oh… Il s'était caché, le coquin.

J'entendis tousser dans la pièce voisine.

— C'est mon père. Il est malade. Papa? C'est cet aimable garçon qui m'a aidé à chercher Fernand.

— Votre chien s'appelle Fernand?

— Mais oui!

— C'est drôle, j'ai une tante qui a aussi baptisé son chien d'un nom, euh… hum…

— Humain? acheva-t-elle en éclatant de rire. C'est le comble du snobisme, non?

— Mina? appela la voix du papa de l'autre côté du mur. Peux-tu me préparer un thé bien chaud?

— Oui, papa. Tu veux du thé, toi aussi? me demanda-t-elle.

— Non. Merci. Ma tante attend son pain.

Elle me raccompagna jusqu'à l'entrée. De près, son visage me sembla vaguement familier. Comme si je l'avais entrevu, un jour, en photo dans un magazine. Ou dans une émission à la télé. Je la saluai. Mais au moment où je sortis, avant de refermer la porte 2099, elle me glissa rapidement quelque chose dans la main. Une petite enveloppe. Elle posa un doigt sur ses lèvres et me laissa aller.

Après le tournant, je faillis entrer en collision avec Mrs Merrill, une Anglaise que tante Willa appelait Mrs Mérule parce qu'elle avait des bras et des jambes très longs, très maigres, sans muscles. La mérule, comme son nom l'indique bien, est, entre méduse et tentacule, un champignon du bois qui s'étale, s'étale en interminables filaments dans les maisons humides des bords de mer.

– Hello! me lança-t-elle. Que fais-tou à cet étage? Tou t'es perdou?

Je cachai l'enveloppe derrière ma baguette de pain.

– Je rendais visite à Mina.

– Mina? *Where?* Où ça, Mina?

– Là-bas, fis-je avec un geste vague vers le fond du couloir.

Et je m'éclipsai, le cœur battant sans raison. Devant la porte de tante Willa, je fourrai la lettre dans ma poche de jeans, puis entrai.

*
* *

Il n'y avait aucune adresse sur l'enveloppe. Mais elle était ouverte. Je me trouvais dans ma chambre fermée, paisible, au milieu du bazar de tante Willa. Depuis trois jours que j'étais là, elle avait rajouté des cartons.

À l'intérieur de l'enveloppe, une seconde enveloppe. Plus petite et cachetée, celle-là. Et puis un mot très court à mon intention, rédigé d'une écriture nerveuse mais gracieuse :

Prière de remettre au plus vite cette lettre à Gary Robinson, villa Melinda, sur les Planches, face à la plage, avant les Roches Noires.

Merci à toi, petit messager.

*
* *

La villa Melinda était presque à la fin de la plage, non loin des Roches Noires, en effet. Elle était silencieuse ; la plupart de ses volets fermés. Mais en m'approchant, j'entendis le *pop pop pop* régulier d'une balle de ping-pong, à l'arrière.

— Tu cherches quelqu'un ?

C'était le couple de l'autre jour. Le vieux monsieur et sa dame, toujours assis, quoique ce fût sur un autre banc. Je fis signe que non en souriant.

Je me faufilai dans une ruelle adjacente et revins par un autre chemin, de façon à ne pas être vu de la plage. Il y avait un portail derrière la villa Melinda. Et le son de la balle de ping-pong était plus proche.

Je vis bientôt un jeune homme qui jouait. Il jouait seul, la table de jeu collée au mur de la maison sur lequel il renvoyait la balle, façon squash. Enfin, pas tout à fait seul. Il y avait aussi un chat qui, sur la table, renvoyait parfois, d'un coup de patte expert, la petite balle blanche qui le frôlait.

— Bonjour, dis-je. Vous êtes Gary Robinson ?

Le jeune homme s'arrêta de jouer et se retourna pour regarder qui lui parlait. Il était vraiment grand. Ses cheveux blonds poussaient dans tous les sens, comme de l'herbe. Il avait un sweat-shirt bleu, des yeux bleus, des tennis bleues.

— C'est moi, dit-il avec un accent définitivement américain.

— J'ai une lettre pour vous.

Il regarda autour de lui. S'approcha du portail. Je lui tendis l'enveloppe, qu'il prit.

— C'est Mina qui te l'a donnée ?

— Oui.

Il sourit. Le genre de sourire qui plaît aux filles, aux vieilles dames, aux mouches, au monde entier.

— Merci.

Il fourra la lettre dans sa poche et pivota. Il disparut dans la maison, en ressortit presque aussitôt.

— Attends ! appela-t-il. Ne pars pas. Tu vas…

Il retourna chercher un stylo, du papier. Il griffonna une page, la replia, la glissa dans l'enveloppe.

— Désolé de t'avoir fait attendre, dit-il en me

tendant la lettre. Tu veux bien lui donner ça?
C'est ma réponse.
  – OK.
Je repris les Planches en sens inverse, croisai à
nouveau le vieux couple sur le banc.
Je me posai sur le sable, envoyai des SMS tous
azimuts.
À mon pote Quentin:

**Les glaces sont très bonnes par ici, très rose fuchsia.
Si un jour il te prend l'envie d'une glace rose fuchsia…**

À ma mère:

Trou-Plage, c'est plein de chiens et de chats.

Pour la première fois depuis que j'étais ici, il
se mit à pleuvoir. Je regagnai à toutes jambes le
Trouville Palace où tante Willa me proposa un
poker.
  Elle gagna, bien sûr. Pourtant j'avais été à
bonne école avec mon copain Antonin. Elle était
très forte.

– Ça t'embête que je sois là ? l'interrogeai-
je à brûle-pourpoint, un peu pour la déstabiliser,
un peu pour savoir.

– J'ai moins de serviettes propres que d'habi-
tude. Et plus de chaussettes sales.

– Mais à part ça ?

– À part ça, j'ai fait en trois jours assez de
cuisine pour nourrir la région PACA.

– Mais tu n'ouvres que des sachets de jam-
bon et des briques de soupe !

– C'est bien ce que je dis.

– Bon, mais à part ça ?

– Michel t'aime bien, articula-t-elle. C'est un
bon point pour toi.

– C'est gentil, ce que tu dis là.

Elle étala une quinte de flush sur la table, sourire en coin. La peau de vache. Elle gagnait encore.
Elle pouvait se montrer gentille.

– Tu es très forte, tante Willa.

– J'ai appris il y a longtemps. Je te fais une
soupe ?

– Euh.

Je me levai pour empiler les assiettes en carton

d'un violet épouvantable, où subsistaient quelques chips.

— C'est des assiettes de collection ou je peux les jeter ? demandai-je.

Je la vis sourire pour la première fois.

*
* *

Le soir, je ne résistai pas à l'envie de sortir, d'aller apporter à Mina le message de Gary, de lui dire que le sien avait été remis en main propre. Tante Willa était plongée dans un livre, au fond d'un fauteuil. Un cercle de lumière tombait du lampadaire sur sa page et ses cheveux, et lui donnait un air doux. Michel était lové sur ses pantoufles. De là où elle était, elle ne pouvait pas voir l'entrée. Je tirai silencieusement la porte, la rabattis sans la fermer.

Le couloir était désert. Tout noir. L'œil lumineux d'un interrupteur tremblotait dans les ténèbres.

Je n'entendais rien. Tous les bruits étaient amortis par les tapis, les distances. Soudain, je sursautai. Au coin, j'entendis quelqu'un qui utilisait le vide-ordures. Je me dépêchai de dévaler les marches du grand escalier, sans un bruit.

Dans un film que j'avais vu avec Julien et Antonin, un vampire se déplaçait dans les airs à toute vitesse, dans sa cape frissonnante. Là, dans ce palace d'un autre temps, je n'aurais pas été surpris qu'une de ces créatures noir et rouge déboule du fin fond du couloir pour fondre sur moi comme un poignard lancé dans l'espace. Ça m'a fichu une trouille bleue.

Je fus presque soulagé d'entendre l'ascenseur démarrer au rez-de-chaussée. Je renonçai à mon expédition et remontai chez tante Willa à toute allure.

Elle ne m'entendit pas rentrer. Seul Michel leva une oreille. *Toc toc* et *cof cof*. Normal.

*
* *

— Tiens, toi, le fier-à-bras en informatique! tu sais comment je pourrais dupliquer mes films Kodak super-huit sur DVD?

– Euh.

– Tu ignores ce qu'est un DVD ? grogna ma tante.

– C'est le super-huit que je ne connais pas.

– C'est la pellicule qui... Oh, et puis à quoi bon !

– Papa a reporté ses vieilles VHS sur DVD. C'est ça que tu veux dire ?

– Tu me parles des campagnes napoléoniennes. Je te parle de Vercingétorix !

Elle interrogea le quincaillier de la rue des Bains, comme si ce genre de choses était de son ressort.

Contre toute attente, il savait et il lui répondit. Il lui conseilla de les porter dans un magasin spécialisé à Lisieux.

– Qui aurait cru que sainte Thérèse ferait quelque chose pour moi ? murmura tante Willa.

Perchée sur un escabeau, elle extirpa de la trappe du faux plafond un carton rempli de petites boîtes plates et jaunes.

– Technicolor ! jubila-t-elle. Tu sais de quoi il retourne ?

– Comme la scarlatine ? C'est coloré et ça
brille ?

– On ira à Lisieux cet après-midi.

Il fallait que je me dépêche d'aller donner la
lettre à Mina !

Dans la matinée, alors que tante Willa conti-
nuait de déblayer le faux plafond, je me faufilai
hors de l'appartement en direction du deuxième
étage. Je toquai au 2099.

Tout d'abord, je crus qu'il n'y avait personne.
Puis la porte s'entrouvrit. Le fin visage souriant
de Mina apparut. Vite, je lui montrai la lettre. Elle
la repoussa en jetant un regard inquiet par-dessus
son épaule.

J'entendis son père qui toussait, pas loin. J'eus
alors une idée de génie. Je me baissai et glissai
l'enveloppe sous le tapis, juste devant la porte.
Personne ne pouvait la voir ni savoir… sauf celle
qui savait et viendrait la repêcher au moment de
son choix.

Mina me sourit et referma la porte.

4

— Tu as eu beaucoup de chiens dans ta vie ? demandai-je à tante Willa.

Michel dormait en rond sur mes genoux. Même dans le sommeil, il proférait ses borborygmes improbables.

— J'en ai presque toujours eu. Le premier, j'avais 12 ans.

— Tu leur as toujours donné un prénom, euh, d'humain ?

— Pourquoi pas ? Il y a bien des gens qui se font appeler Pipo, Skippy, Loulou, etc.

Nous revenions de Lisieux avec un DVD qui contenait une dizaine de films super-huit de trois minutes. L'employé du vidéoclub avait gardé le reste des pellicules à dupliquer. Il faudrait revenir récupérer le tout.

Le soleil rasait la campagne. Tante Willa clignait des yeux. La structure cubique à roues faisait presque un bruit de vraie voiture. J'avais espéré aller à Lisieux en train. Mais tante Willa trouvait la voiture plus confortable pour Michel.

Qu'entendait-elle par « confortable » ?

Et par « voiture » ?

– Zut, une déviation.

La barrière rayée de jaune condamnait la route du retour et nous enjoignait d'emprunter une voie aussi secondaire qu'inconnue. On roula cinq minutes avant qu'une grosse branche, lourde et large, nous interdise à nouveau le passage.

– Il y avait une petite route tout à l'heure, dis-je.

On fit demi-tour. On retrouva ladite petite route, mais qui se révéla bientôt un genre de chemin forestier. Le crépuscule tombait. Les arbres par-dessus nos têtes en rajoutaient un peu dans le genre ténèbres. À une fourche, on prit la route qui semblait la plus dégagée. Mais ce fut une erreur.

— Tu as une boussole? demanda subitement tante Willa.

— Non, dis-je, craignant ce qu'elle voulait me signifier. Tu veux dire qu'on est perdus?

— J'en ai peur.

— Tu as emporté une brique de soupe, j'espère.

La nuit était complètement tombée. Les phares rendaient la forêt encore plus épaisse, feuillue, et noire. Soudain, la voiture cahota sur une pente, comme un gros scarabée emporté par son poids. Elle s'immobilisa. Les phares, heureusement, demeurèrent allumés.

— Tu crois aux sorcières et aux gnomes? demandai-je d'un ton lugubre.

— Bien sûr. La preuve. Nous voilà sur une route. Une vraie. Goudronnée.

C'était exact. La structure métallique à roues nous avait, quasiment de sa propre initiative, conduits là. Je levai la tête pour regarder tante Willa. La même petite lueur moqueuse dans ses yeux noirs. Elle prit Michel sur son bras, alluma les feux de détresse et s'assit sur le talus.

– Viens à côté de moi, dit-elle en tapotant le tapis de feuilles.

J'obéis, et nous sommes restés côte à côte, d'abord silencieux. Autour de nous, les feuilles d'octobre tombaient comme la pluie dans la nuit. On entendait des glouglous d'eau, des craquements, le vent qui soufflait.

– J'ai la trouille, dis-je.

Tante Willa passa son bras autour de mes épaules et me serra contre elle.

– Moi aussi, mais tu me jures de ne le répéter à personne?

Michel levait une oreille. Puis l'autre. Parfaitement calme, lui.

– Quelle heure est-il? demanda tante Willa.

– Je manque de vitamine C. Un jus d'orange, et je réponds bientôt à cette question.

– Et ton téléphone portable? Z'ont pas l'heure, ces machins-là?

– Comment tu sais que j'ai un portable?

– Tous les garçons et les filles de ton âge en ont un. Et d'abord, je l'ai vu.

– Si j'avais su que tu savais, je l'aurais

emporté. Ça peut être utile, des fois, ces
«machins-là».

– Oui. Lors d'une avalanche, par exemple.
Mais à Trouville…?

– Nous sommes en pleine avalanche. Là. En
cette minute.

– Je suis d'accord avec toi, soupira-t-elle.

Elle joua machinalement avec la chaîne en
argent qu'elle portait autour du cou.

– On se raconte des blagues?

– Tu connais celle du requin-marteau qui
cherchait un clou?

– Non. Mais je sens qu'elle va me donner
mal au crâne.

– Tu la portes tout le temps? Ta chaîne, au
cou.

Elle la lâcha.

– Non. Seulement quand je respire.

Elle sourit. Mais sa voix s'était légèrement
durcie.

– Tu connais, enchaîna-t-elle, l'histoire du
nain de jardin qui…

– Une voiture!

– Une voiture !

Deux phares arrivaient, deux ballons lumineux qui grossissaient, grossissaient, comme gonflés par un souffle invisible. Elle freina dans un envol de feuilles mortes. Le conducteur était un fermier en bleu de travail.

– Où est-ce qu'on est ? le questionna tante Willa, après les échanges de politesses.

– Sur la route de Pomberville.

– Vous savez comment rejoindre la route de Trouville ?

– Ah non, ça...

– Et celle de Lisieux ?

– Hou là, alors ça...

– Vous pouvez nous dire comment on retrouve la déviation ?

– Hé bé, non...

– Vous savez comment on dit « au secours » en swahili ?

*
* *

Il revint un quart d'heure plus tard avec son fils, qui avait pris le volant et nous ouvrit la voie jusqu'à un rond-point où un panneau vert indiquait *Deauville-Trouville*. Ma tante les remercia chaleureusement.

Puis elle se tourna vers moi, un subtil mouvement de menton en direction du panneau :

— Tu préfères Deauville ou Trouville ?

*
* *

Le lendemain, vers midi, elle s'exclama :

— J'ai faim.

— Il reste cette quiche que tu as achetée il y a au moins deux semaines.

— Ce n'est pas un passé si lointain. Mais j'ai plutôt envie de poulet rôti.

— Tu veux une soupe en brique ?

— D'accord, si c'est du poulet.

— Bon, soupirai-je. Je vais à la rôtisserie.

Elle battit des mains et alla fouiller dans son porte-monnaie. Nos relations s'étaient grandement détendues depuis notre équipée en forêt.

— Vas-y avec Michel.

Michel sur les talons, donc, je descendis. Au

deuxième étage, je ralentis presque malgré moi.
Je m'arrêtai. On entendait des sanglots.

Je courus. Dans le tournant, Michel stoppa et
se mit à gronder. Il resta là, sans me suivre, l'échine
hérissée.

— Tant pis, j'y vais sans toi.

Les sanglots redoublèrent. Je m'approchai. Ils
venaient bien de la porte 2099. Je frappai doucement.

— Mina? appelai-je à voix basse. C'est moi,
Maurice.

Il s'écoula quelques instants. Puis le minois
mouillé de la jeune fille apparut dans l'entrebâil-
lement. Elle portait une robe rouge à pois blancs,
et tenait contre elle son chapeau de paille, tritu-
rant entre ses doigts la soie du coquelicot.

— Entre.

La porte refermée, elle se remit à pleurer de
plus belle.

— Gary va partir.

— En Amérique?

— À la guerre.

Depuis des mois, les journaux, mes parents, le

prof d'histoire, les hommes politiques parlaient des soldats américains engagés dans la guerre.

— C'est si loin. Et s'il se faisait tuer…

— Quand est-ce qu'il part ?

— Tout à l'heure. Son bateau embarque ce soir du Havre. Et je ne peux pas aller lui dire au revoir, l'embrasser. Je ne peux pas laisser mon père seul. Il est si malade. Est-ce que…

Elle renifla, me regarda.

— Veux-tu lui faire parvenir un message ? Ma lettre d'adieu…

Elle s'assit à un bureau et se mit à écrire. Elle pleurait toujours, mais sans bruit. Les larmes baignaient ses joues, ses lèvres, son menton. À nouveau, j'eus cette sensation d'un visage familier. Était-elle une célébrité locale ? L'avais-je aperçue dans un journal ? Sur une pub ?

Elle me tendit la lettre, sans même la cacheter. Michel m'attendait toujours dans le tournant. Il rebroussa chemin avec moi et nous courûmes sur les Planches, jusqu'à la villa Melinda.

Gary était là, sur les marches de la maison qui menaient à la plage. Je lui tendis la lettre.

– Elle a du chagrin. Vous ne devriez pas partir. Surtout si c'est pour aller à la guerre.

Il sourit avec tristesse. Le vent lui fit plisser les paupières.

– Ce n'est pas si simple, chuchota-t-il. Beaucoup de mes amis sont déjà là-bas, en Corée.

Je fronçai les sourcils. La Corée ? On en parlait souvent aux infos, mais il ne me semblait pas que c'était là-bas qu'ils allaient, les Américains.

Soudain, il chercha dans ses poches, vérifia sa montre au poignet. Il mit la main à son cou. Une petite abeille en argent pendait à une fine chaîne. Gary la détacha, la fit couler au creux de sa paume, comme un filet d'eau, vers ma paume qu'il referma.

– Tu lui donneras ça, OK ? Je compte sur toi. C'est mon cadeau, en souvenir de… nos souvenirs.

Je gardai la petite abeille sur sa chaîne.

– Va. Va lui porter.

Et il disparut dans la maison.

Sur le seuil du Trouville Palace, la mémoire

me revint comme un coup de pioche. Le poulet de tante Willa !

Je soulevai Michel et partis en trombe vers la rôtisserie. Il ne restait plus que des cuisses rôties. J'en achetai trois et je repartis en sens inverse. Il était trop tard pour que je repasse au deuxième étage. J'irais après le déjeuner.

— Eh bien ! Tu l'as plumé, ce poulet ! s'écria tante Willa en guise d'accueil.

*
* *

Après le repas, il me fut totalement impossible d'aller retrouver Mina pour lui donner le bijou de Gary. Tante Willa voulait qu'on regarde ses vieux films dupliqués sur le DVD.

— Je vais prendre l'air, dis-je.

— Après.

— Il faut que je digère.

— Tu le feras en regardant les films. Tu n'as pas hâte de voir ces vieux films de vacances de ta famille ? Trouville à travers les siècles ?

— Si, bien sûr, dis-je d'un air malheureux.

– Ce ne sera pas long. Chaque film dure trois minutes.

– Je peux aller m'acheter une gaufre ?

– Il n'y en a que dix.

Je capitulai. Elle prit la tasse de café qu'elle venait de préparer, se lova dans le canapé, télécommande en main.

Le premier film démarra. Les couleurs étaient un peu bizarres, à la fois très vives et passées. Les rouges étaient bien rouges, mais les chairs et les cheveux clairs étaient pâlis. Les maillots, les parasols à rayures avaient des teintes pétantes et saturées. Le sable et la mer étaient en revanche délavés.

– Regarde. La petite fille…

– C'est… maman ?

Tout à coup, je fus emporté par l'émotion. Je connaissais les photos de l'album de famille. Mais cette petite gamine en sandales qui secouait sa serviette de bain pleine de sable… maman ? Vraiment ?

Les séquences étaient courtes. C'était presque frustrant. Mais à l'époque, pas de webcam. Les bobines n'étaient pas longues.

— C'est agréable de revoir tout ça, murmura tante Willa d'une drôle de voix qui tremblait un peu. Il reste deux bobines. Oh mon Dieu, le Trouville Palace. Regarde. La piscine de la plage était une vraie piscine olympique ! Rien à voir avec l'actuelle. C'était en 1956. Et le minigolf. Tu vois cette merveille ? Et ces vieilles tractions. Il y en avait encore beaucoup. Oh ! C'est papa ! Maurice, c'est à cause de lui que tu t'appelles Maurice. Il était très malade. Il souffrait beaucoup. Il fallait s'occuper de lui souvent, tout le temps…

Soudain une ombre avec un chapeau de paille passa devant l'objectif. J'eus un sursaut.

— C'est qui ?

— Mais… c'est moi, coco. On a du mal à le croire, hein ? J'étais mignonne. Ce chapeau, c'est ma sœur qui me l'avait offert. On aimait bien le style pot de fleurs, en ce temps-là.

La silhouette à chapeau ne voulait pas qu'on la filme. Elle faisait non, non, non, sur la mer. Mais le gros coquelicot en soie piqué sur la paille du chapeau, les longs cheveux noirs… La robe rouge à pois blancs…

Mes mains étaient glacées, ma gorge remplie de sable.

— C'est… c'est bien toi, tante Willa? dis-je dans un souffle.

— Eh oui.

Le chapeau au coquelicot s'envola. Et le visage rieur de la jeune fille apparut enfin en gros plan.

Mina.

5

Je m'élançai dehors comme un dératé. Le couloir. Le tournant. Encore le couloir. Je frappai à la porte 2099. Personne. Je frappai plus fort. À l'autre extrémité, Mrs Mérule passa la tête.

— Qu'as-tou à tambouriner? Il n'y a personne là-dedans depuis des loustres!

— Si! Il y a Mina! Mina et son père!

— Mina? Encore elle? Tou radotes. À ton âge, *what a pity!* Tou peux faire un peu moins de bruit?

J'examinai la poignée. Elle était pleine de poussière. Pourtant, à mes visites précédentes, elle brillait, j'en étais sûr.

Soudain, mon cœur bondit. Un bruit de pas!...

Un homme apparut au tournant. Je le reconnus.
Il s'occupait de l'entretien des tapis.

— Tu peux toujours cogner, petit. Y a personne.
C'est un débarras.

— Mais il y a un numéro. C'est un appartement.

— 2099 ? Ah non, mon gars. C'est la remise
pour mon aspirateur et les produits de nettoyage.
Tu veux voir ?

Tout en s'approchant, il tira une clef de sa
blouse. Mon cœur battait comme un fou. J'étais
à deux doigts d'exploser, de m'évanouir.

— Tiens. Jette un œil. Des balais. La cire.
L'aspiro.

Je fermai les yeux. Tout tournait autour de
moi. Quand je rouvris les paupières, la porte
2099 était ouverte. C'était un trou noir. Un placard au carrelage vieillot.

*
* *

Je regardais la petite abeille en argent. Si
j'avais rêvé, vraiment rêvé, comment pouvait-

elle se trouver là, au creux de ma main? Comment était-elle arrivée jusqu'à moi?

Il faisait froid sur la plage. Un grand rideau de pluie tombait au large. Il arriverait bientôt sur les Planches.

Ce… ce fantôme, cet esprit ou réincarnation, ce truc, ce je-ne-sais-pas quoi qui avait pris le visage et la forme de ma tante Willa à 18 ans, quelle raison avait bien pu le pousser à se présenter à moi?

Je rallumai mon portable et appelai ma mère.

– Ça va, doudou? Je t'ai laissé plein de messages. J'allais appeler tante Willa. J'ai passé une journée d'enfer! Le jury s'est réuni, et ils se sont crêpé le chignon. Ensuite, mon hôtel a failli prendre feu à cause d'un type aux cuisines, ensuite, il y a eu un gros bug avec les ordis, impossible de visualiser les projets. Ensuite, tu ne devineras jamais ce qu'ils ont servi à midi? Des tripes!

– Rajoute un fantôme et un placard vide, et tu auras ma journée.

– Hein?

– Quel est le vrai prénom de tante Willa ? Willa, c'est pas un nom, ça.

– C'est Wilhelmina. Quand elle était jeune, elle se faisait appeler Mina, mais ça a changé quand il y a eu l'histoire avec son Américain.

– Gary ? Gary Robinson ?

– Je ne crois pas avoir jamais su son nom. C'est elle qui t'a parlé de lui ?

– Euh. Plus ou moins. Qu'est-ce qui est arrivé ?

– Ils étaient très amoureux. Mais il a dû partir à la guerre.

– En Corée.

– Oui. Il est mort là-bas. Le plus terrible… C'est grand-mère qui m'a raconté… Le plus horrible, c'est qu'il est parti sans qu'ils se soient revus. Ils ne se sont jamais dit adieu, pas embrassés, rien. Parce que à ce moment-là tante Willa était seule avec grand-papa qui venait d'avoir un infarctus et elle ne pouvait pas l'abandonner.

– Ils ne pouvaient pas se téléphoner ?

J'entendis le rire triste de maman.

– Bien sûr, on ne peut pas imaginer ça aujourd'hui. Mais dans les années 1950 et 1960, le téléphone était un luxe. Il fallait parfois attendre deux ou trois années pour l'avoir. Souvent, il fallait aller dans un café, chez un voisin... C'est difficile d'imaginer ça, hein, à l'ère des mails et des portables?

– C'était à Trouville?

– Oui. Une villa sur les Planches. Elle a été revendue. Pourquoi tu voulais que je te raconte tout ça?

– Comme ça.

Je l'embrassai et raccrochai.

– Je t'ai vu avec ton portable, s'écria la voix de tante Willa.

Elle traversa les Planches et lâcha Michel entre mes bras.

– Tu es parti comme un fou. Qu'est-ce qui s'est passé? Ce sont les films, hein? Moi aussi, ça m'a agitée...

Elle avait du mal avec des mots comme «émue» ou «touchée». Elle, elle choisissait «agitée».

Je levai la main vers elle, pris entre le pouce et l'index la petite chaîne en argent vide à son cou.

– C'est celle de Gary?

Elle me fixa, de cet œil sombre que je reconnaissais fort bien désormais. L'œil de ses 18 ans.

– Ta mère est une pipelette.

Je gardai le silence.

– Non, reprit-elle. Ce n'est pas la sienne. Celle-là, je l'ai achetée le jour où j'ai appris sa mort. Et j'ai fait comme si elle était à lui. Je ne l'ai plus jamais quittée.

– Sauf quand tu respires, dis-je, tout bas.

Je plongeai la main dans ma poche. Je refermai fort le poing sur le bijou.

– Tu es retournée à la villa Melinda?

– Quoi?...

Elle me dévisagea, stupéfaite.

– Tu vois, ce n'est pas maman. Elle ne connaît pas ces détails.

– Qui t'en a parlé?

Qu'est-ce que je pouvais lui dire? Gary? Toi à 18 ans? Même moi, j'avais du mal à le croire.

— Non, balbutia-t-elle enfin. Je n'y suis pas retournée. Je ne vais jamais par là.

Elle ne ressemblait plus à tante Willa, mais à Mina.

— Tu as tort, dis-je. On trouve des choses là-bas.

Je tendis mon poing vers elle, l'ouvris. Elle aperçut la petite abeille, cette abeille qu'elle ne pouvait pas ne pas reconnaître !

Elle s'en saisit, la pressa contre sa joue. Des larmes jaillirent de ses yeux. Elle la caressa, l'embrassa.

Puis elle me serra contre elle.

— Merci, dit-elle.

Du même auteur à *l'école des loisirs*

Collection NEUF
Les joues roses
Minuit-Cinq
Aggie change de vie

Collection MÉDIUM
Boum
Fais-moi peur
Faux numéro
Rome l'enfer
Sombres citrouilles
Taille 42
Quatre sœurs tome 1 : Enid
Quatre sœurs tome 2 : Hortense
Quatre sœurs tome 3 : Bettina
Quatre sœurs tome 4 : Geneviève